AF429985

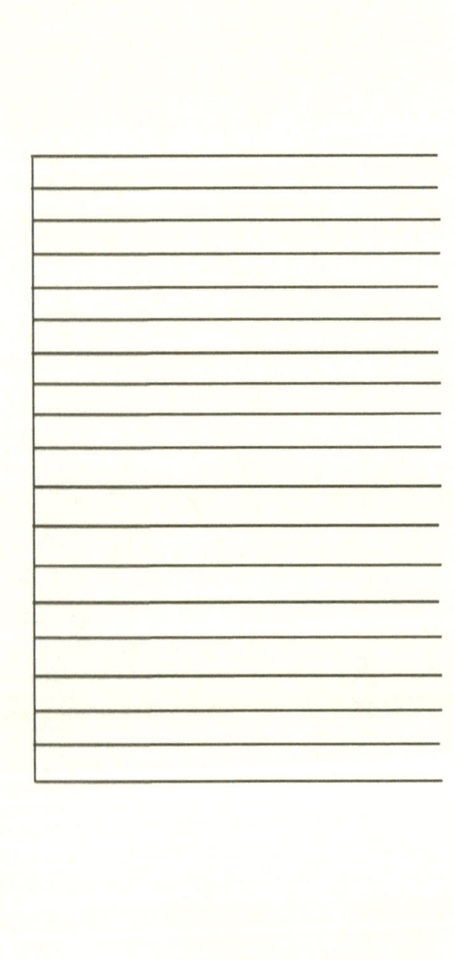

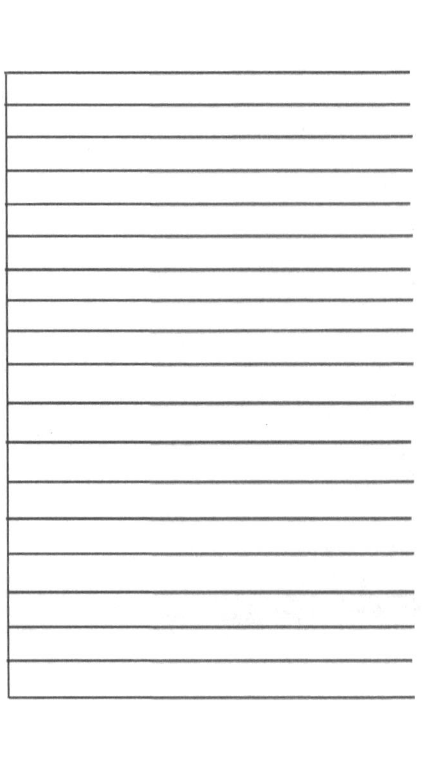

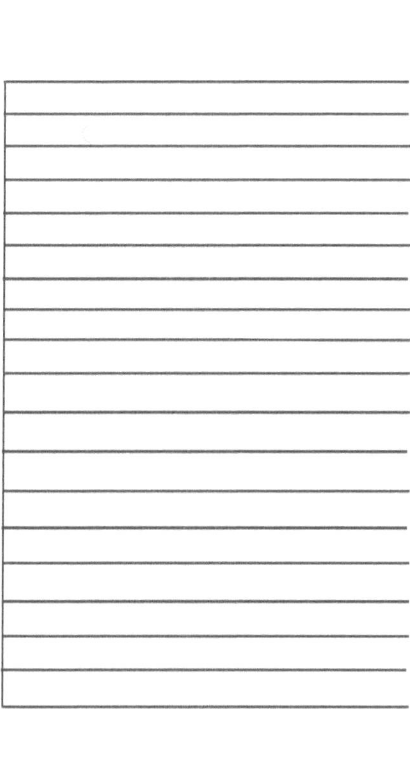

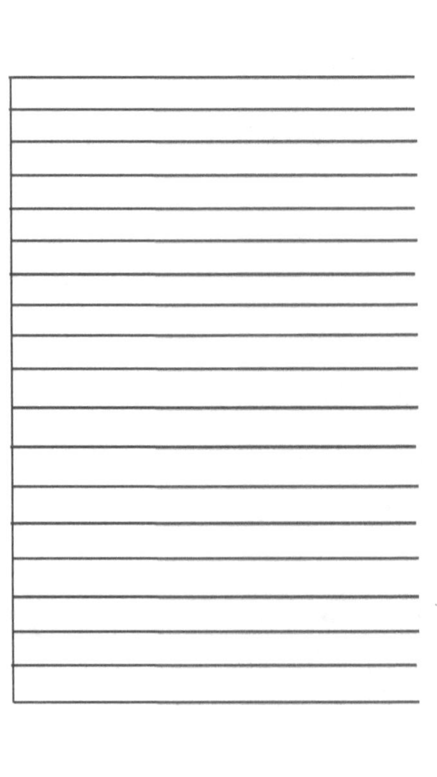

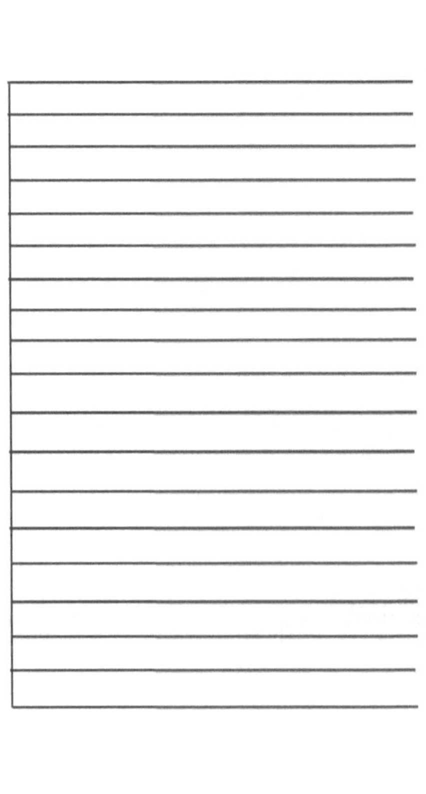

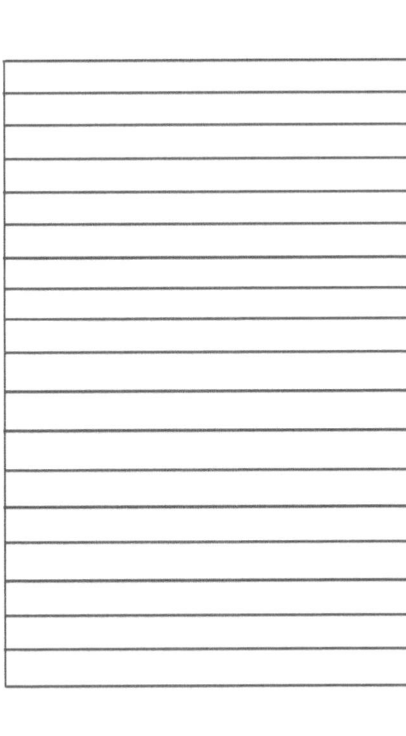

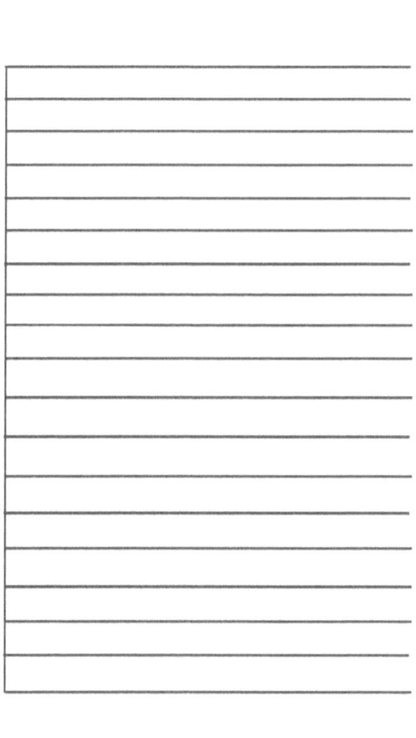

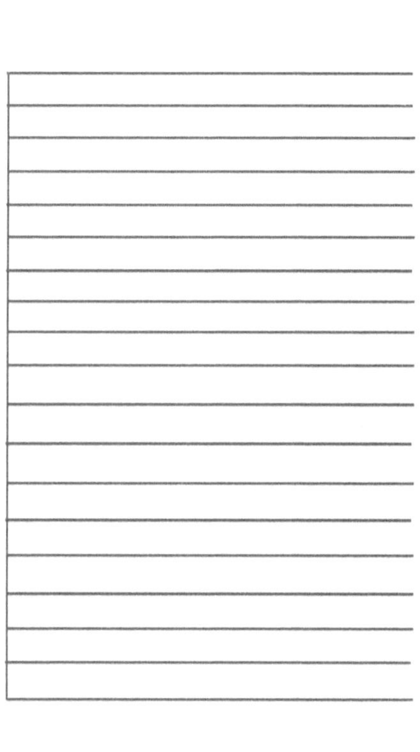

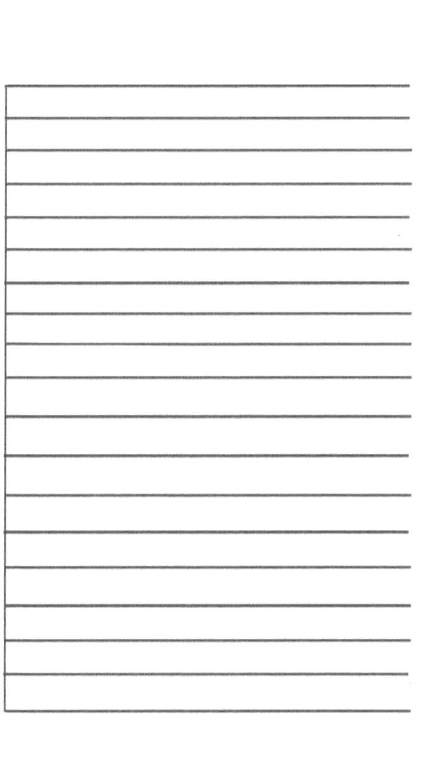

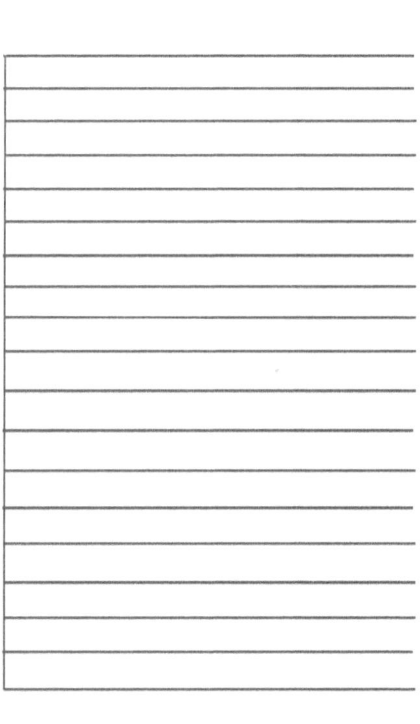

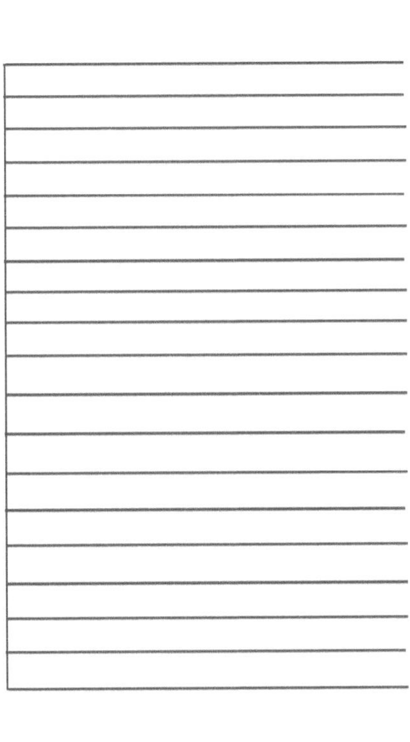

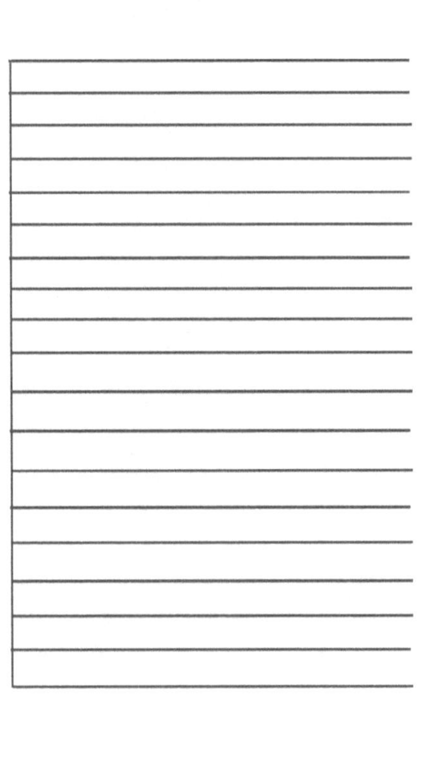

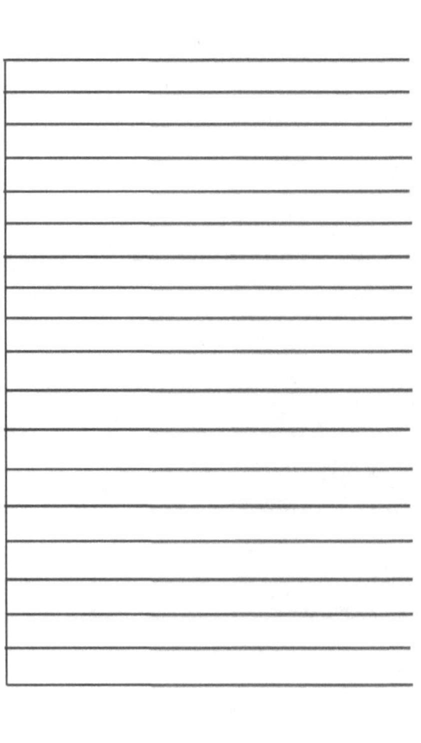

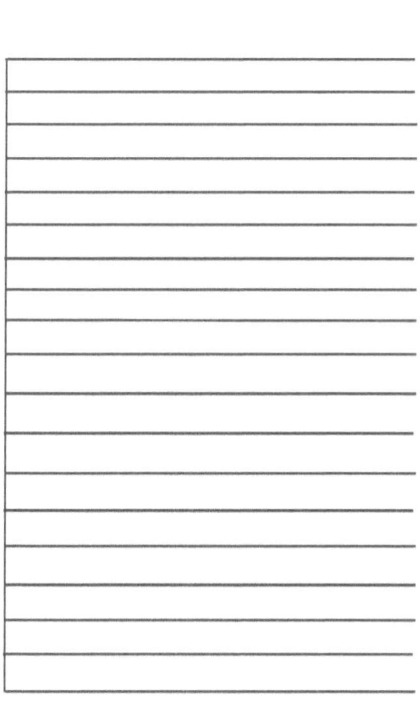

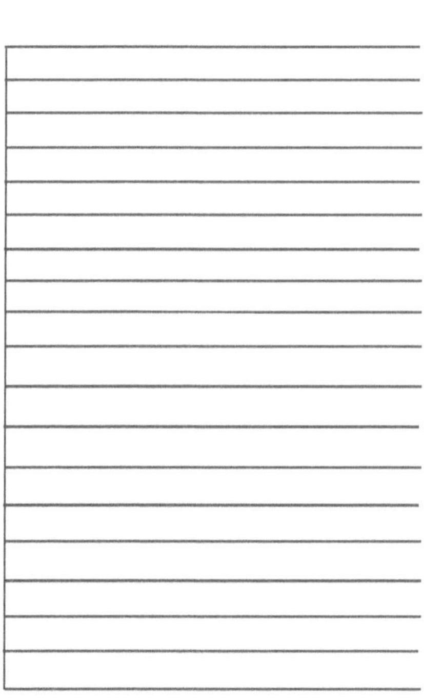

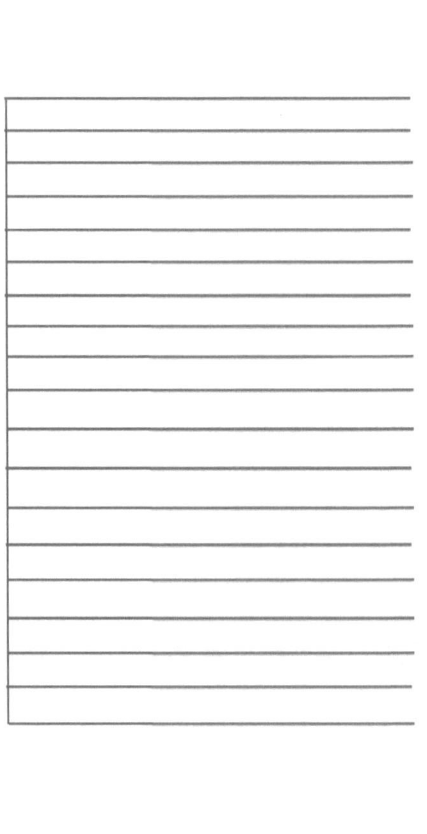

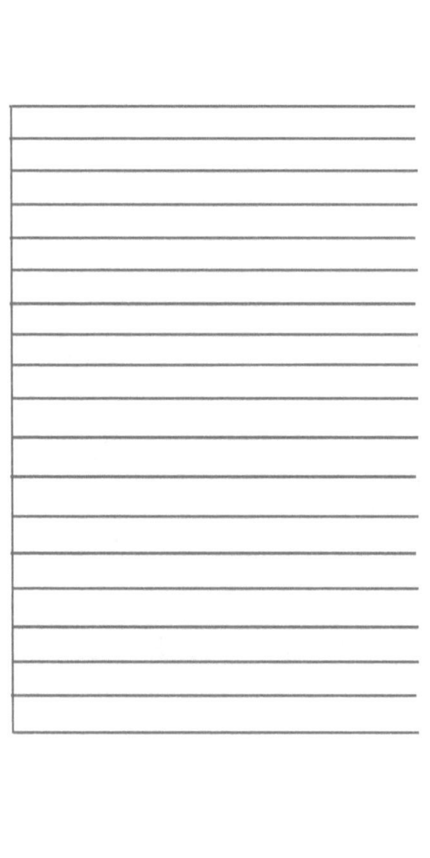

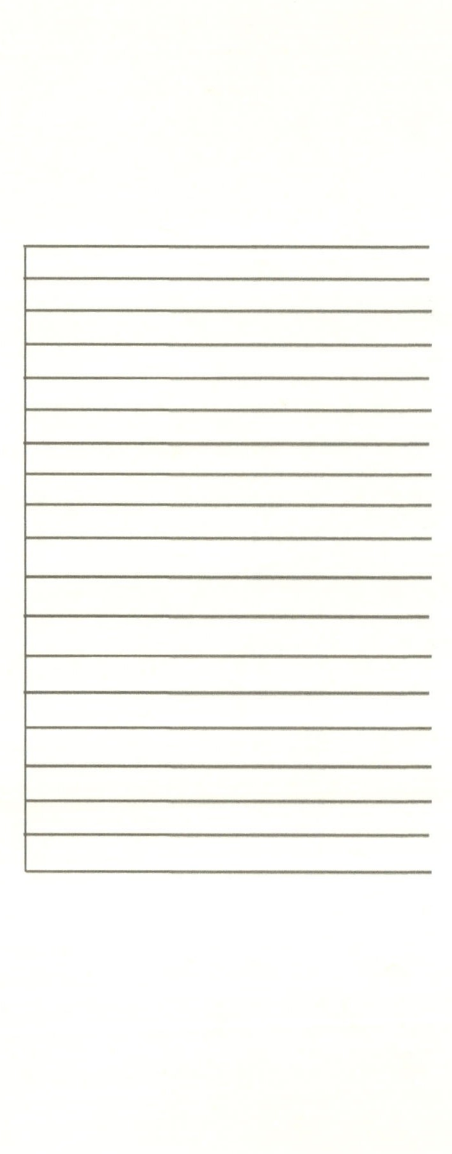

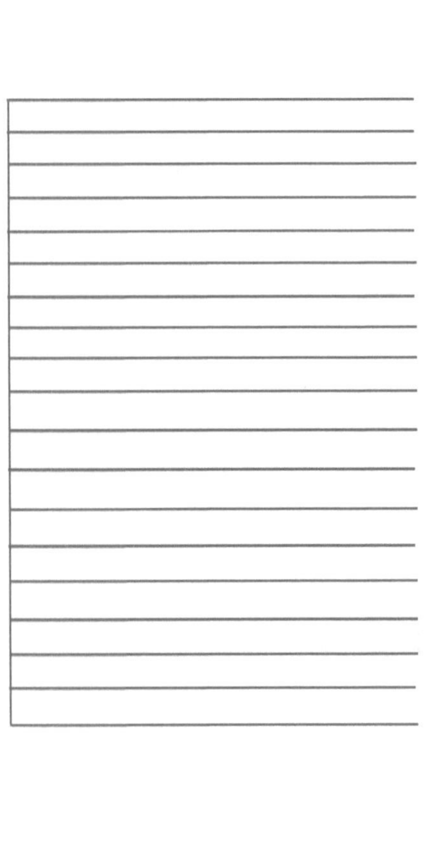

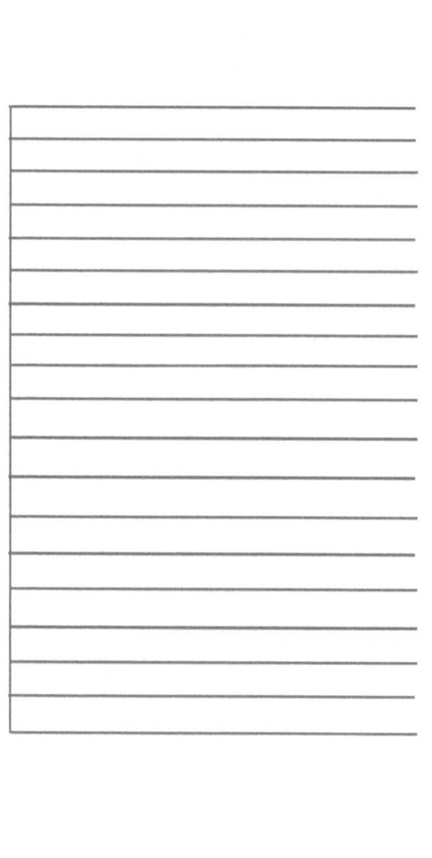

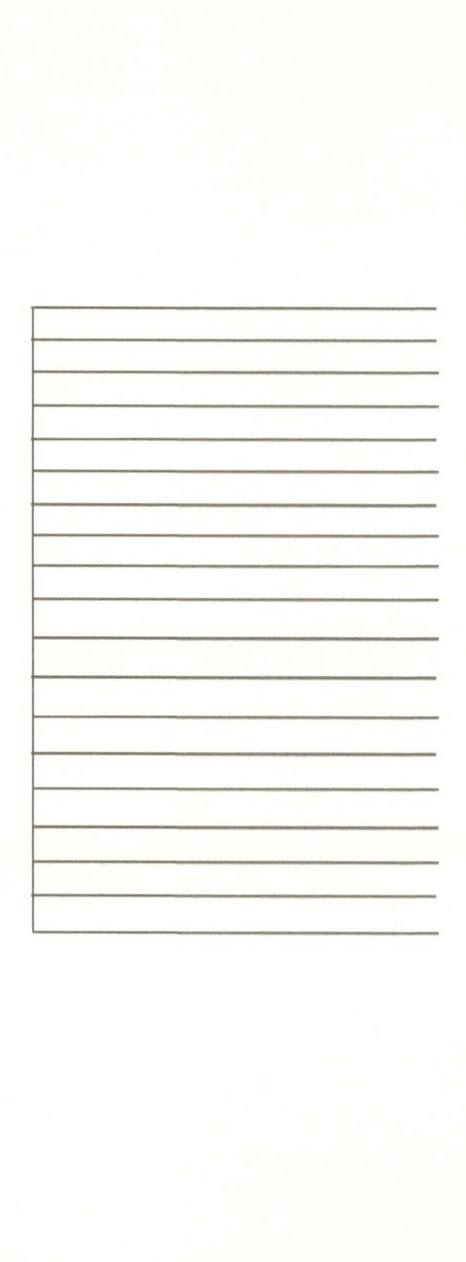

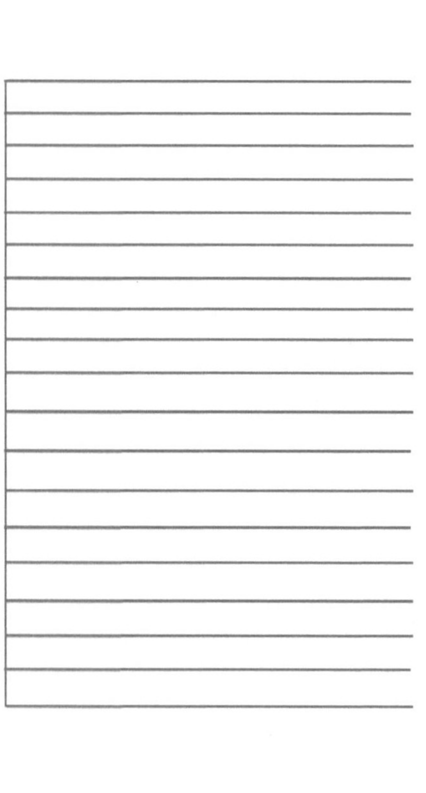

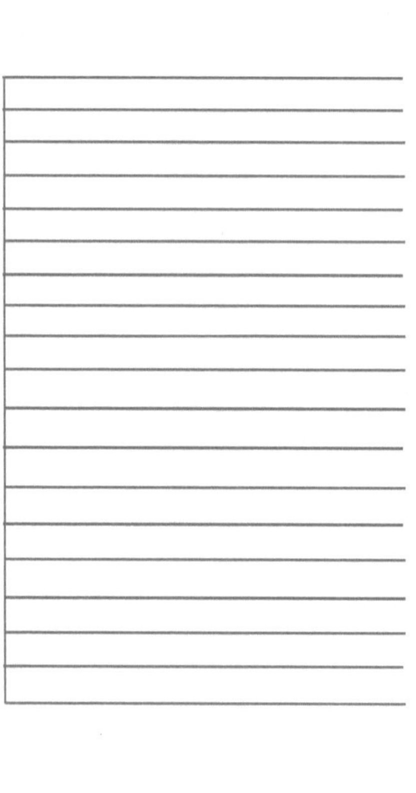

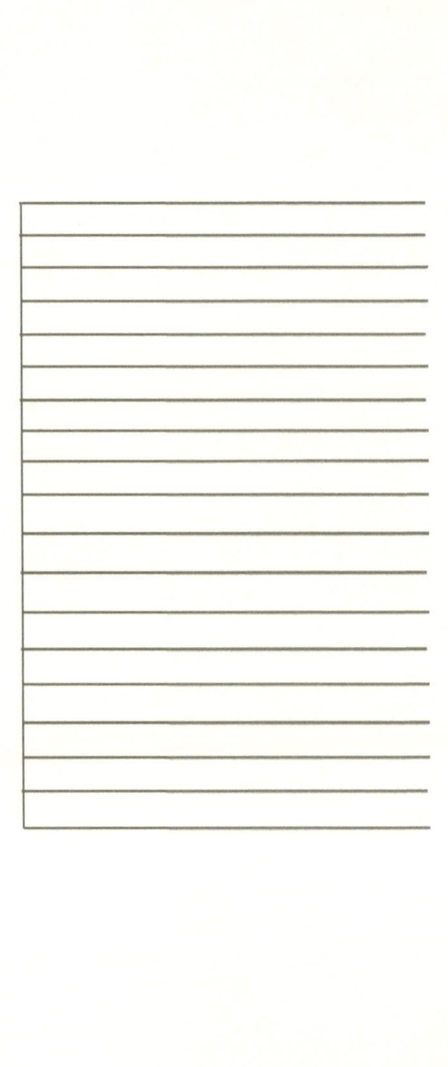

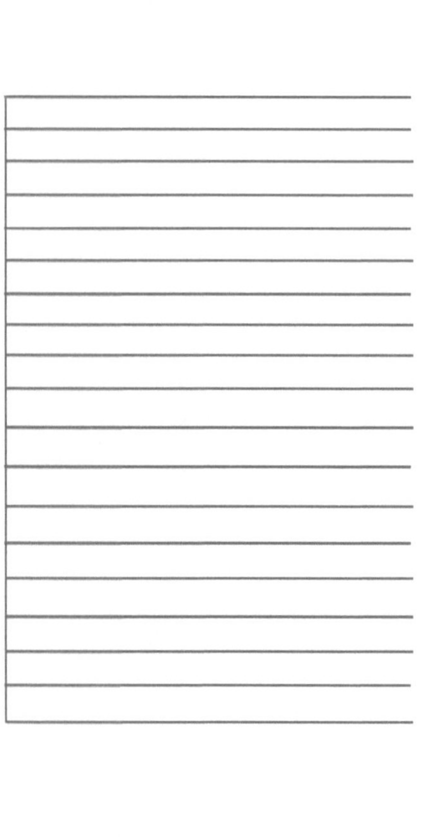

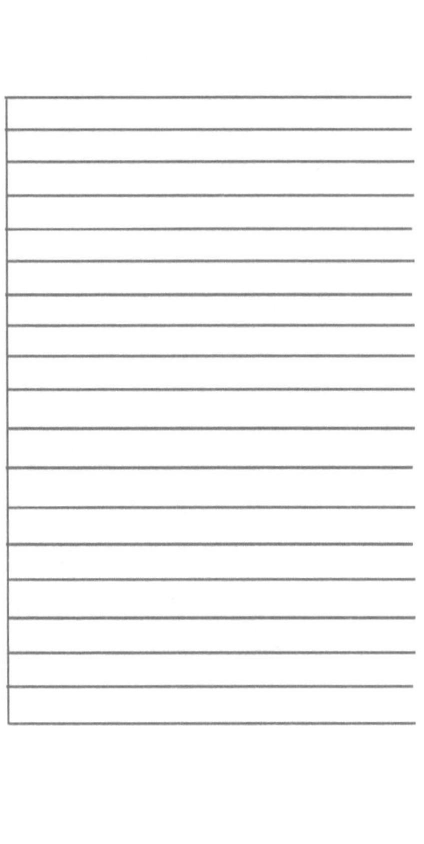

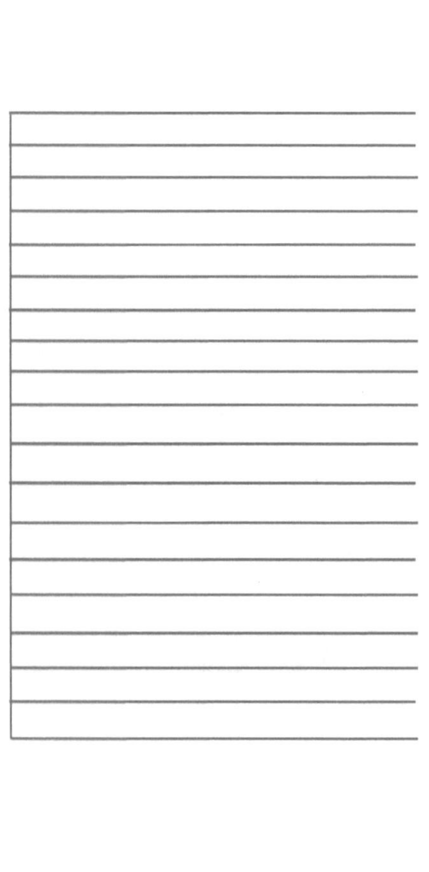

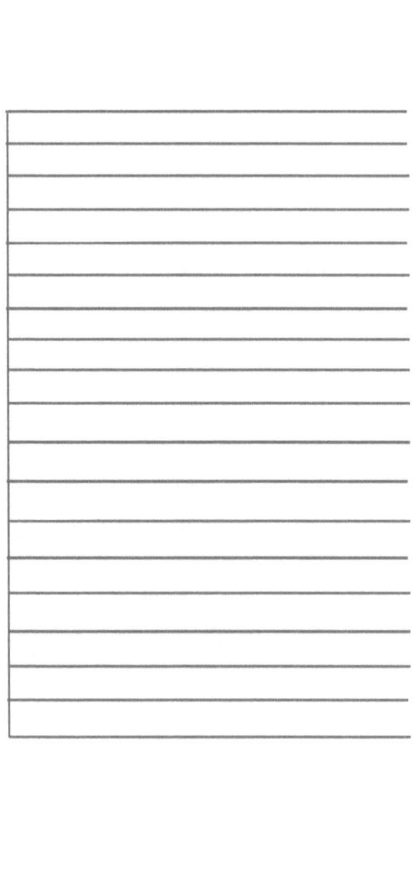

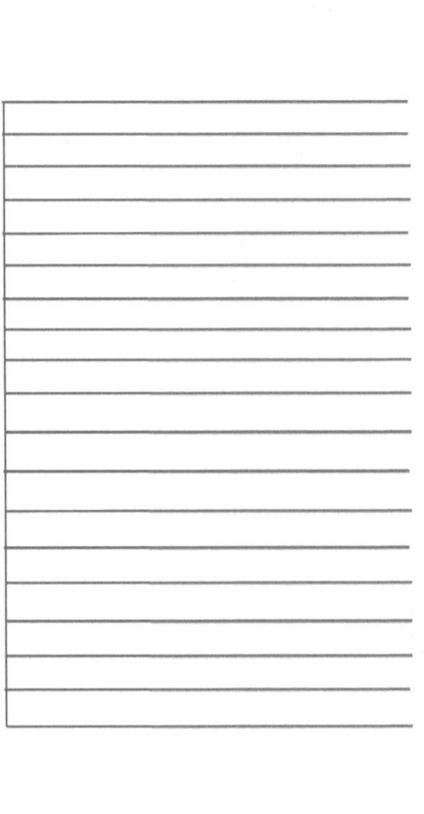

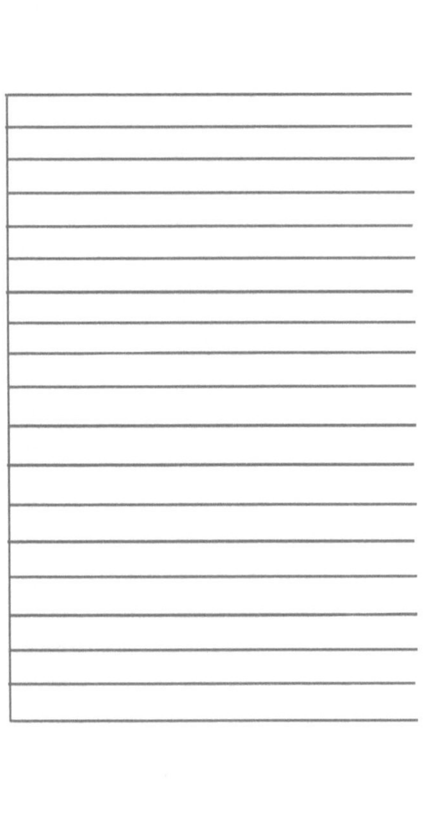

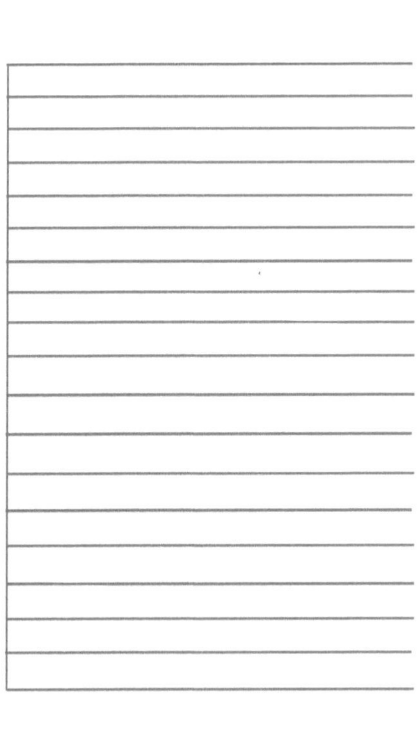

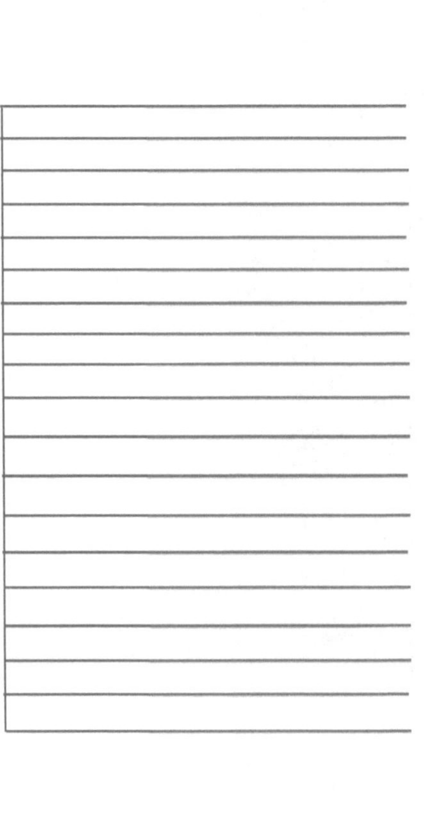

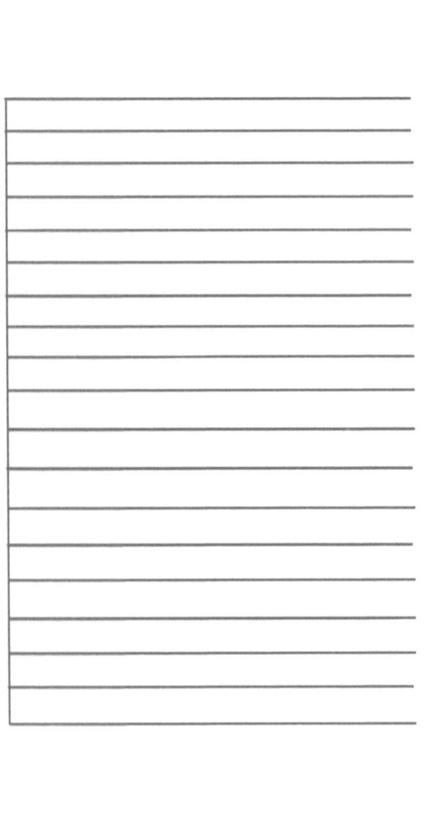

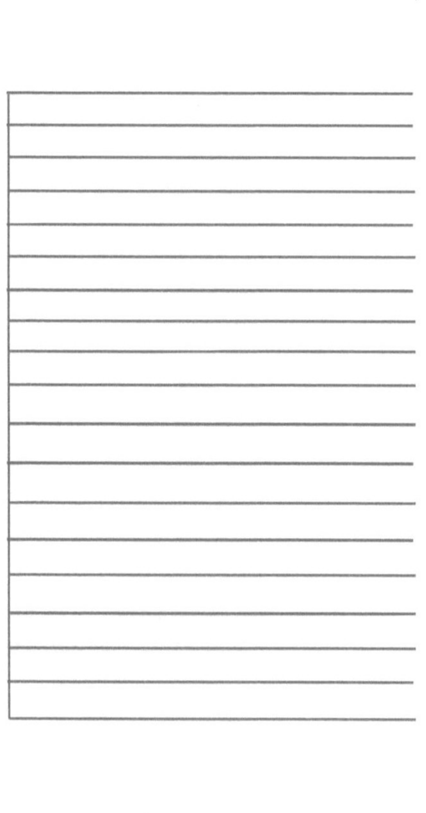